일상이라는
이　름　의
외　　　면

일상이라는 이름의 외면

발행일   2018년 8월 14일

지은이   신 수 진
펴낸이   손 형 국
펴낸곳   (주)북랩
편집인   선일영   편집   오경진, 권혁신, 최예은, 최승헌, 김경무
디자인   이현수, 김민하, 한수희, 김윤주, 허지혜   제작   박기성, 황동현, 구성우, 정성배
마케팅   김회란, 박진관, 조하라
출판등록   2004. 12. 1(제2012-000051호)
주소   서울시 금천구 가산디지털 1로 168, 우림라이온스밸리 B동 B113, 114호
홈페이지   www.book.co.kr
전화번호   (02)2026-5777   팩스   (02)2026-5747

ISBN   979-11-6299-270-8 03810 (종이책)   979-11-6299-271-5 05810 (전자책)

이 도서의 국립중앙도서관 출판예정도서목록(CIP)은 서지정보유통지원시스템 홈페이지(http://seoji.nl.go.kr)와
국가자료공동목록시스템(http://www.nl.go.kr/kolisnet)에서 이용하실 수 있습니다.
(CIP제어번호 : CIP2018025260)

이 책은 청주시 1인 1책 펴내기 운동 기금을 일부 지원받아 발간하였습니다.

(주)북랩 성공출판의 파트너

북랩 홈페이지와 패밀리 사이트에서 다양한 출판 솔루션을 만나 보세요!

홈페이지 book.co.kr • **블로그** blog.naver.com/essaybook • **원고모집** book@book.co.kr

신 수 진
시   집

일상이라는
이 름 의
외   면

북랩 book Lab

차/례

가끔 부는 바람에도 마음이 아플 때가 있다. 그때 시를 쓰면 가슴이 시리던 것도 아문다. 시 쓰기는 나에게 치유이자 마음의 소리이다. 모든 사람들에게 하나쯤은 자신을 보듬고 사랑해줄 능력이 있기 때문이다. 그걸 사랑의 입맞춤이라고 한다. 나는 시를 통해 사랑을 나타내고 있으며 마음의 소리들을 담고 있다. 되도록이면 좋은 단어들로 하여금 좋은 시가 되도록 노력하였다. 시는 멋진 사람의 멋진 재주를 나타내는 도구가 아닌 그 자체의 선물인 셈이니까.

오랫동안 비어있던 자리에 소리가 들어오고 외침 되기까지 모든 일은 순간적이었다. 이제 시는 영원함이 되었고 하루도 잊을 수 없는 사모의 눈길이 되었다. 고마운 사람에게 시집을 선물하고 시를 노래하기까지의 많은 나날들이 스친다. 어쩌면 나는 못 말리는 시꾼(가장 낮은 곳에서 시를 쓰는 사람)인지도 모른다.

집

지고 지순한 햇빛 같은 것을 담아둔 통이 있다

통 안에 상자가 열리면 그곳에 햇빛을 담가둔다

상자가 햇빛을 먹었고 통이 상자를 먹었다

아침이 되어 쌀이 없는 통을 들여다 본다

덩그러니 놓여있는 그늘

그늘은 까만 피부를 문지르고 있었다

상자는 햇빛을 숨긴다

상자를 열어보니 햇빛의 얼굴이 보이지 않는다

후하고 한숨을 부니 먼지가 송장의 눈썹처럼 날아간다

그늘의 눈망울이 조금 더 커진다

망상을 하는 담배연기가 통 안에 가득 찬다

발 냄새가 나는 밤이 되면 으레 그렇듯 상자 속은 조용하다

누군가는 상자 안에 소리를 담았다고 하고

누군가는 상자 안에 허무를 담았다고 한다

그러나 상자 속에는 햇빛이 있었다 햇빛의 얼굴이 없었다

하얀 모직을 바닥에 깔고 달빛을 쳐다본다

달은 시린 피부를 매만지는 백자의 볼과 닮았다

태양의 환영幻影은 아기를 낳는 여자의 볼기짝과 닮았다

자세히 더 자세히 통 안을 들여다본다

상자가 보인다 그 안에는 달빛이 담아져 있다

모든 담는 것들에 대해 혹은 모든 품는 것들에 대해

말하는 소리를 듣는다

그 소리의 기원은 통 혹은 상자이다

당신의 그늘은 안녕하십니까

　어두운 구석에서는 쥐들이 대장 노릇을 하지 바람이 뒹구는 바닥에서는 개미떼들이 부스러기조차 없이 살지 담배 더미 속에서 발견된 어느 여자의 양말은 벗겨진 것이 아닌 벗어 놓고 간 것

　당신은 밝은 곳에서 나를 맞이하지 두려운 몰골을 한 당신은 눈이 부셔서 보이지가 않지 우리는 그걸 아침 세수라고 불러 입을 닦으며 눈을 씻으며 당신을 쳐다봐야 하기 때문에

　벗겨지고 싶어 누군가에게 찰랑거리는 가방을 주고 달아나고 싶은 그런 충동이 생기는 밤이야 벗겨지면서 푸른 냄새를 받아먹는 저금통 속에 간직하고 싶어

　벗겨지기 싫어 나를 때리는 새벽이 되면 아궁이 속의 잿더미들은 타고 있지 밤나무에서 열매가 떨어지면 나는 그걸 주어 담아야 하는 처지니까 그게 나의 입술을 따갑게 해

　당신은 나를 타 들어가게 해 눈이 부셔서 온갖 잔상들이 뒤바뀌는 가운데 타 들어가는 소리가 들려 그게 네가 아니었으면 좋겠지만 나는 내 주변의 소리에 귀 기울이고 있어 소음이

없는 세상에서 가끔 귀를 열어두어도 돼

　어려운 노래는 하지 말아야지 나는 그저 풍경 속에 벗겨지고 있을 뿐이야 당신은 뜨겁고 따갑고 모든 충동 가운데 앉아 있으니까 그저 밀랍인형의 녹아가는 심정이라고 말하고 있잖아

　그늘은 이제 뒷구멍으로 사라졌잖아 쓸모도 없는 빗자루를 때리고 있어 그건 부채가 아니었던 빗자루에 대한 푸념이니까

　나는 그게 버림이라고 생각하지 않아 단지 너를 꾹 눌러서 가방 속에 넣고 간직하고 싶어 당신을 기억하기에는 내 머리는 너무 시리니까

이방인

꽃잎이 날린다

아마도 꽃가루가 없다

갠지스 위에 마른 손가락이 내려앉는다

연인들은 입을 벌린다

혀에 지문이 박힌다

노인은 터번을 벗고 민머리를 강물에 씻는다

젊은 여자는 바람에 날리는 머리칼을 강물에 담근다

여행객은 더운 물이 없는 우물가에서 발가락을 본다

부처의 발톱에는 때가 없다

꽃잎이 부양한다

여전히 꽃가루가 없다

주머니에는 돈이 없고 손에는 술이 없다

부처의 발톱에 피멍이 든다

드문드문 상점이 있는 거리에는 하얀 암소가 가득하고

시바를 믿는 사람과 비슈누를 믿는 사람이 손을 맞잡는다

곧 비가 올 것처럼 하늘이 흐리다

비슈누를 믿는 사람이 소 한 마리를 산다

손가락 하나가 터질 듯이 아프다

발가락들은 꼼지락거린다

헤어지는 찰나에 소의 비명은 없다

비슈누를 믿는 사람은 소를 끌고 어둠으로 간다

시바를 믿는 사람은 수많은 소를 묶고 묶어 천천히 끌고 간다

조롱과 비난은 없다

아무도 그들을 보지 않았다

그들은 갠지스를 증오하지 않는다

그리고 그들의 갠지스는 여전히 흐르고 있다

봉안당

서늘한 기운이 이마에 와 닿는다
아늑한 그녀는 잊혀진 조상이다
나는 그녀의 봉안 앞에 우두커니 서 있다
모든 잔해가 바람에 물들고
물에 적셔지고
땅에 묻어지는 이 시간에
그녀도 똑같은 신세로 이곳에 있다

아무것도 묻지 않고
떠들지도 않고
넋두리를 하지 않는다
다만 당신은 여전히
어머니였고
아내였고
자식이었다는 걸

종말의 순간이 오면

모두에게 죽음은 동등할 것이다

그때에도 이곳이 남아있다면

당신은 죽어도 죽은 것이 아닌

내가 표정이 없는 당신의 항아리를 꼭 끌어안고

한숨 푹 자고 나면

언젠가는 풀이 무성하고 들판이 된 이곳에서

당신을 다시 만날 수 있을 것이다

귀향

매우 달콤한 생각이었어

솜사탕을 싣고 다니는 노점상이 풍선처럼 찬란해 보여

입술과 입술 사이에 솜사탕이 놓이면

우리는 어린 시절의 남매로 돌아가서

허겁지겁 솜사탕을 입에 넣기에 바쁘지

나는 과거로 돌아가는 기차에 앉아 미래를 생각해

기차는 어느덧 간이역에 서고 나는 그 역을 차츰 돌아보며

지금이 몇 시인지를 떠올려

15시 점심이 지난 어느 오후일 뿐이야

나는 그저 그런 생각을 하고 있어

플라타너스 가로수를 지나가는 버스 안에서 나는 생각해

생각은 고독의 산물이라는 걸 알잖아 가만히 핀잔을 주는

옆 사람을 슬며시 바라볼 뿐이야

어느 시절에 우리는 엄마를 만났을까 엄마는 잠자고 있는데

우리는 서 있으니까

그리워할 필요는 없으니까 시간이 지나면 우리들은
스스럼없이 아무 생각도 안 들겠지
매우 씁쓸한 생각이었어

나는 소머리 국밥을 먹으며 눈물을 마셔 그녀가 죽은 날
우린 소머리 국밥을 먹었잖아
그게 당신의 잔해처럼 느껴져
스러져있는 초가집에서 나는 그녀의 머리카락을 발견했지
그걸 손에 쥐고 주머니 속에
넣으며 빗질을 자주하던 어머니의 머리칼을
한번도 만지지 않은 걸 생각했어
아무래도 나는 부끄러운 녀석이니까
좀처럼 사라지지 않는 엄마를 생각해
엄마의 빈 화장대를 나는 아직도 기다리고 있어

하루살이

햇살이 부서지는 창문 틈 사이로 한줌 가득 먼지를 보았다

입김으로 그 먼지들을 불어 사라지게 하고

조용히 창문에 비친 뽀얀 자국을 쓰다듬었다

손가락에 여린 입김의 흔적이 차츰 스며들며

나를 잠들게 했다 그게 아침의 전부였다

식탁 위에서 반찬들이 가만히 놓여 있다

침대 위에서 나는 망상을 했다

밥을 먹는 습관과 밥을 먹는 이유가 다른 것에 대하여

문득 어머니의 치마가 생각이 났고

어머니의 것과 비슷한 치마를 입은 여자 동기가 생각이 났다

배가 고파졌다 무엇이라도 먹고 싶은 순간이 왔다

여전히 우리는 헤어져 있고 만날 수 없는 공간에서

숨을 쉬고 있다

당신은 어디선가 하루를 걱정하며 살 테고

나는 당신의 그런 마음을 걱정하며 살 테다

입술들이 메마른 저녁이 되면 차려먹을

밥이 없는 좁은 방에서

홀로 메마른 발을 만지작거리며 오늘도 무사한지 알려주는

뉴스를 보고 잠이 든다

달은 속치마를 던지고 뽀얀 엉덩이를 든다

맨 발

그녀는 나에게 휴대폰 너머로 멘체스터라고 했다

나는 그 말을 수첩에다 적으려고 손을 부르르 떨었다

볼펜이 떨어지고 그걸 잡으려고 휴대폰을 놓쳤다

액정이 깨졌고 불그스런 볼이 터질 듯이 차가웠다

푹푹 발목까지 오는 눈을 치우고 겨울이 끝날 줄 알았다

시린 발로 방바닥에 뽀얀 발자국을 만들고

양말을 신는 어머니의 발톱을 주었다

엉금엉금 기어서 그걸 집어 드니 발톱의 때가 거무스름했다

어머니와 먹는 아침은 동치미에 동동 뜬

조각난 무처럼 하얬다

누군가 자동차에 치어 죽었다는 뉴스를 보며

어머니의 뺨을 때렸다는 아버지의 영정을 슬쩍 보았다

나는 그날도 어머니와 밥을 먹으며 발을 만지작거렸다

어머니는 고등어 살을 발라주며 내 손을 때렸다

내가 할 수 있는 건 이불을 덮고 리모컨 버튼을 때리는 것뿐

그 해 겨울 나는 대학 문 앞에서 서성거렸고

그녀는 멘체스터라고 했다

도로 위를 걷다

도로 위의 사람들은 입 안의 괴물을 키운다

매끈한 빌딩들이 열대 우림의 짐승들처럼 말이 없다

자동차들이 지나가는 구역에서 먼지를 털어내는

행인은 청자켓처럼 시리다

갈색 코트를 여민 여자는 낙엽을 털어내고

은행을 주우며 웃는다

터벅터벅 신발 굽이 닳아 없어질 때까지 걷고 또 걸어서

사막에 도달하는 사람들이 있다

여자도 행인이고 남자도 행인이어서 아주 쓰라린

이별처럼 느껴지는 행진은 사막의 한 가운데 멈춘다

당신들은 누구 시길래

여기에 오셨는지 터번을 쓴 노인이 묻는다

우리들은 입을 벌린다 침묵은 그때 깨진다

입 안 가득 고인 침 사이로 한 순간에 사라질 단어들이

배설이 되어 뿜어져 나온다

우리는 그걸 담배 연기처럼 먹는다

곧 지나갈 시간이 온다 고층의 아파트 사이에 껴 있는

오두막에 빛 한 줌 들어오지 않는 시간이 온다

그제서야 아파트로 향하는 노인의 발자국이

느릿느릿하게 찍힌다

아버지 나를 안아줘

당신의 어깨가 들썩거리는 밤이었지

당신은 그날도 터벅터벅 집으로 오는 길이었어

지나가는 남자에게 이유도 없이 칼을 맞고 쓰러진

당신은 눈을 감지 못했어

가만히 눈을 감고 생각해봐

당신은 어느 시절의 아버지였는지

나의 어린 시절과 나의 학창 시절과

내가 아버지처럼 살게 되는

이 시점에서 나는 아버지를 기억하는지

아버지는 나를 안아준 적도 나를 안아달라고도 한 적 없어

터벅터벅 나도 이 길을 걷고 있어 아버지들이 쓰러져

간 길이라는 것을 알기에

술 취한 사람이 없는 낮에도 나는 아버지의

술 냄새를 기억하고 있어

담배를 피는 아버지의 옆 모습이 무심코 보기에는

고독해 보인 적도 있어

그런 아버지들의 아버지는 마음에 있는

당신들의 자취를 보듬어주기에

가만히 팔을 벌리고 하늘을 향해 고개를 들어

내가 당신에게 팔을 벌리면 당신이 나를 안아줄까

나는 쓸쓸함과 맞서 싸우는 중이고

단지 기억의 잔해에서 당신을 불러

아무 말 없이 그저 숨소리처럼 모든 게

정지되어 있는 듯한 지금

당신의 마지막처럼 늘 안녕하시길

한강 그리고 손목시계

가끔 미루나무에 사는 강아지가 혼적을 내민다
당신이 기다리지 않는 골목에서
나는 홀로 손목시계를 붙잡는다
누군가가 어느 날인가 잊혀져야 할 기차표를
가방 속에서 찾는다
나는 핑크색 기타를 가지고 노는 소년에게서
기타 줄을 훔친다

흘러가는 강 속을 들여보면 까만 점이 보인다
까맣고 흐린 그 눈동자를 보면 아무도 모르게
한 모금의 눈물이 떨어진다
터벅터벅 눈밭을 거닐며 나는 창백한 발목을 들춘다
꽁꽁 얼은 강 한 가운데서 나는 저린 다리를 붙잡고
뭍으로 걸어 나온다

핑크색 기타는 줄이 없어서 당기지를 못하고
소년은 눈이 쌓인 홍대 앞 거리에서 서성거린다
나는 그 소년의 팔목을 붙잡고 손목시계를 묶어준다

잊어야 할 것도 없고
잊혀져야 할 것도 없는 시간 속에서
떨어지는 눈송이
한강은 얼어버렸다

발가락의 휘파람

툭툭 치는 이마가 아프다

홀로 따귀를 때리는 잎을 떼어다가 네 이마에 붙이고 싶다

그럼 가끔은 이마를 문지르며 발가락이

얼마나 추운지 알 텐데

종소리는 휘파람을 불어 매를 부른다

수지니가 된 매는 종소리의 손가락에 발가락을 올려놓는다

종종 매는 날아가고 싶다

바람이 부는 날에는 휘파람 소리가 공중에 묻히고

매는 그 때 자신의 날개를 피고 둥지를 떠난다

발가락에 박힌 발톱은 마당 위로 떨어진다

휘파람을 부는 입술은 아프고 따가워서

발톱을 줍기에도 너무 늦어서

종소리는 잊혀진 소리가 되어버렸다

매는 과거를 기억한다

발가락에 어린 소리의 느낌을

어느 공간의 계절

골방에서 옹기종기 앉아 있는 오래된 의자들

감자를 먹지도 물을 마시지도 않는 난로를 끼고 앉아

서슬퍼런 눈빛을 숨기는 낯뜨거운 그림자들

화면에서 약간의 빛이 새어 나오고 있는 컴컴한 방 안

초라한 방석처럼 앉아 있어서

너무 좋은 시간이었어 라고 말하지 못하는 입술을 움켜쥔다

당신의 이마는 빛을 잃은 흔적만이 조용하고

차를 두 잔 마시는 시간에 입김을 토해내고 담배를 눌러

담으며 그렇게 쓴 맛을 비운다

창문을 열지 못하는 참새의 주둥이는 빨개져서 거울에 맺힌

입술로 변해버리고

거울을 보는 손길마다 입술의 빨간 자취를 만지작거린다

터벅터벅 차가운 아스팔트에 쌓인 흔적을 걸으며

안개를 버리는 굵은 외투를 입은 그림자들

골방에 모인 의자들은 치워져 있고 난로에서 피어 오르는

연기가 그들의 아침이 된다

언어도단

나는 생각을 하고 혀를 내민다

묵살당하는 대화를 하지 않는다

나는 홀로 땀을 흘릴 뿐이다

귀는 터널이라서 그곳의 미래를 점칠 수 없다

단지 뒹구는 귓밥을 입김으로 불어 버릴 뿐

햇살은 무척 따스한 언어이다

그 말을 들으면 차창 안의 소녀가 소리친다

나는 그걸 가만히 들여다 본다

나는 생각으로 대화하다 귀를 잃어 버렸다

방 안의 방에서 나는 창문을 열 수 없다

암묵적으로 우리는 가만히 건물 위를 올려다 본다

도로는 차갑고 자동차의 배기가스는 시리다

느낌이 없는 밤이 될 것이다

그래야 한다 생각은 비밀스럽게 버려진다

연극 글자

집착이다 미련이다 서러움이다

괴물의 온갖 언어를 쓰고 있는 나를 발견한다

툭 하고 굵어지는 눈물을 비처럼 생각해 버린다

내가 생각을 떨쳐낼 수 없는 건 잇몸이 간지럽기 때문이다

누군가 버리고 간 글자에 의미를 입혀 단어로 쓴다

재활용품점의 글자들은 이름없는 연극을 한다

꿈은 내일도 꿀 수 없고 오늘도 꿀 수 없다

현실에서 나는 입에 알맞은 단어를 고른다

덩그러니 놓여 있는 계란 후라이에 앉아 있는 나를 바라본다

그걸 먹지 않고 그것에게 쉬고 있는 나를 발견한다

꿈을 꾸지 않는다 현실에서는 눈 코 입이 없다

글자가 없는 나는 그걸 사지 않는다

의미도 없는 연극을 본다

단어가 생각이 안나 팜플렛을 버렸다

글자들이 없는 공간에서 나는 누군가의 가방에 수집된다

집착은 없어졌고 고독도 씹혀지고 바람에 날리는

감정만이 남아있을 뿐

후추가루

방이 열렸다 닫혔다 한다

문이 없는 게 좋다 한다

재채기를 한번쯤은 하는 게 좋다

통나무를 자를 때 톱밥이 나온다면 한데 모아 불을 붙여

방을 불태울 때 쓰면 좋겠다고 생각했다

문득 코가 간지럽고 시근거린다

낡은 도마 위의 말린 파가 스러지며 파의 잔해가 나왔다

가루가 된 그걸 콧잔등에 스치듯 묻혀 본다

정적만이 남았다

내가 오랫동안 써 오던 단어를 잃어 버렸다

진한 색깔 펜으로 쓰고 싶었던 마음을 접어 두었다

매운 과자를 먹으면 가루가 꼭 나온다

그건 너무 매워서 그렇다

방 안에서 먼지덩어리가 나왔다 따가운 냄새가 났다

털어지는 가까운 것들에 관해 입을 벌렸다

과일의 방

다시 쓰고 싶었다

멍청하게도 괴물들은 없고 언어만이 남았다

비밀스런 그곳에서 공개적으로 청소를 하였고

나는 자질구레한 대화만 했을 뿐이다

침대의 힘을 믿고 싶었다

침대 밑 먼지들이 죽은 바퀴벌레의 다리를

움켜 잡고 있었으므로

과일은 없었다

나는 그것을 먹어 치울 능력이 되지 않으므로

가위로 커튼을 자르다 머리카락을 잘랐다

들춰 버릴 비밀은 사라졌기에

나는 한숨을 뱉어내는 시간 밖에는 모른다

오직 시큼하고 찍찍거리는 과즙의 녹슨 자태만이

벽에 걸려 있을 뿐이다

죽음을 믿고 싶었다

나는 속박을 벗어난 시계였기에 자유를 헐레벌떡

부서뜨리고 싶지 않았다

거무스름한 양말을 던져 버리고 세탁기를 쳐다 보지 않았다

오직 나는 맴돌 뿐이다

멍청하게도 지금

모든 시간은 나에게 없다

의사소통

비밀을 간직한 채 나는 침묵을 잃었다

누군가의 무덤 앞에서 수다를 떨었고

귀먹은 거위를 붙잡고 잔소리를 늘어놓았다

떠들지 않고 묻지도 않는 것들에 대해

나는 묻고 떠드는 법을 배웠다

늘 그렇게 약 파는 장수처럼 나에게 반문하지 않았다

그게 옳은 줄 알았다

바람이 부는 언덕에서 바람이 부는 법을 몰랐기에

후회하지 않는 마음을 바라고 있었다

버려진 깡통 속에는 바다가 있었고 떠들지 않는 아이들의

침묵이 귀 속에 잠겨 있었다

방 안 옷걸이에 걸린 챙 모자와 벙어리 장갑을 본다

기억을 쏟은 침대에는 이불이 헝클어져 있다

불이 꺼지고 적막만이 감돈다

나는 그걸 방의 감정이라고 부른다

어렸지만 버려지지 않았고 누군가에게 의지하지도 않았다

지금처럼 투명한 느낌이 내 위로 흘러가는 것을 알고 있을 뿐

얇은 귀가 펄럭거리며 날아가고 있다

바다새에게

인어의 전설은 마음 속에 놓여있다 인어는 숨을 쉬지 않는다

지느러미와 꼬리를 움직이는 데만 여념 하는데

그의 모든 건 육지에 있었다

세월이 조금 지나 인어는 바다로 갔다

나는 지상에서 숨을 쉬고

날아가는 것들과 헤엄치는 것들을 바라본다

너무 흔한 것이 아닌지 기억하고

내가 너무 흔한 것이 아닌지 반문한다

벚꽃처럼 날아간 인어의 비늘을 본다

서 있고 걷는 일에 지문을 문지르지 않는다

부리가 있어 발톱을 쪼아댈 뿐

나는 깃털을 뱉어 버린다

비늘이 되어버린 조류의 부리를 찾을 수 없다

너무 멀리 날아간 것이 아닌지

나는 날개를 찢어버리고 싶은 충동을 꿀꺽 삼킨다

비늘이 목에 걸려 있었다

바람이 불어 그것을 휩쓸고 가도록 목구멍을

열어 놓으려 한다

나는 그때 침묵을 배웠다

어느 밤의 간이역

어느덧 막차가 온다

역 앞 벤치의 노인은 손바닥이 시리다

서늘한 공기가 묻어있는 역에는 고요함이 흩어져 있다

천천히 잠드는 그곳의 분위기

역 안의 짙푸른 색이 자꾸만 눈에 밟힌다

막차가 오지만 지팡이를 줍지 않는다

멍하니 그것을 바라 본다

그를 바라보는 나는 텅 빈 눈동자를 갖고 있다

우리는 적막함 속에 있었다

언제나 비밀인 채로 닫혀 있을 것만 같은 그곳

막차가 가져가 버린 적막함이 나에겐 바람에

날아가는 손수건처럼 느껴졌다

바닥에 가만히 놓여 있는 지팡이를 집어 든다

종교를 믿는 눈빛은 잊어버린 지 오래다

짙푸른 영혼처럼 비어있는 역 안을 쳐다본다

내가 보인다

멍청하게 서 있는 내가 보여서 나를 바라보는

그 사람의 눈길이 아득하다

왜일까 나는 이름 모를 기차를 떠올린다

지나가면 사라질 바람처럼 쓸쓸한 그것

그 밤의 간이역에서 우린 무엇을 보았을까

과연 보았을까

버린 것을 다시 들어올린 쓸쓸함처럼 그날은 없던 날이다

막차는 오지 않고 붙잡아야 할 것도 없고 가져갈 것도 없다

그저 오지 않을 뿐

정말 좋은 소리

정말 좋은 소리를 갖고 싶었다

내가 겪는 바람의 차가움처럼

오늘을 아침으로 만들고 싶지 않았다 놓치고 싶지 않았다

말하고 있는 자들의 입술을 보고 있다

당신은 석양을 보며 우는 새

나에게 종소리란 울리는 소리가 아닌 아련하게 퍼지는 소리

소리의 아픔을 가만히 듣는다

통증 어린 소리로 사람들에게 상처를 주고 싶지 않았다

많은 노래들에게 있어 현실은 자신을 울리는 일이라는 것을

울음을 통해 알았다

소리를 통해 알았다

세상에 떨어지는 소리들이 자신을 버릴 때

나는 그걸 노래라고 배웠다

노래를 읊조릴 때마다 무엇을 상기하는 것은 사치

나에게 종소리가 있어 누군가를 부를 수 있다

애완이라는 단어가 떠올랐다

완전히 감싸는 소리가 있어서 입가에 맴돌아서

더욱 그 소리에게 감싸 안아진다

소리가 완전히 자신을 이야기할 때

나는 잠시 동안 소리를 잊는다

잠을 자고 있고 아무런 기척이 없는 당신에게 나는 침묵한다

무언의 소리 그건 당신이 모르는 조용한 소리

정녕 나쁜 소리를 찾고 싶었을까 외면 받은

그것의 참담함을 찾아 소멸시키고 싶었다

종소리가 울린다 아침을 알리는 소리 나는

그걸 외면이라 생각한다

나쁜 소리는 없고 나쁜 소리에 대해 말하는 당신도 없다

그걸 좋은 소리라고 할 수 있을까

나는 나쁜 소리를 갖게 될까

당신을 구원하는 한 가지

텅 빈 공원에서 당신을 발견한다
나는 이미 초라한 발자국인데
나를 찾는 당신은 내 손을 잡으려 한다
우리를 바라보는 건 눈동자가 아닌 그럴 듯한 표정들
서로의 손을 만지작거린 벤치에서
멍하니 하늘을 보는 표정
저 하얀 구름을 나라고 생각하는 당신에게
구름은 저 하늘의 것이라고 말하는 누군가의 입술
모두 모양이 없는 것처럼 변한다

죄지은 사람처럼 오늘도 발자국을 버리는 당신
자동차들이 즐비한 차도와 사람들의 어깨가 어수선한
인도 사이에서 아슬아슬하게 걷는 당신을
나는 그저 이렇게 바라볼 수 밖에
찾으려고 하는 건 아니지만 어차피 어수선한 일인 것을
그렇게 하루가 간다 아픈 무릎을 만지작거리며

당신은 방 안에 쌓아둔

가방을 연다 짐을 푼다

무엇이 고달픈지 모르고 잠이 든 사진을 본다

누군가 찍어준 사진을 보면서 스르르 감긴 눈을 뜨지 않는다

그렇게 하루가 아픔처럼 스며들고 아문다

모두가 그렇게 사는 거라고 당신은 말했다

말했던 소리는 잠이 들고 말을 하지 않아도

알게 되는 시간이 온다

나는 그때 당신에게로 가 옆자리에 눕는다

옆자리는 늘 비어있으므로

그렇게 우리는 누군가에게 버려지고 잊혀진다

그렇다고 죄지은 사람처럼 살 필요는 없다

구원을 바라는 목소리는 마지막에 떠오른다

그게 당신이었다면 나는 당신의 찾음을 외면할지도 모른다

외면이야말로 최초의 구원이었음을

눈길

기다림을 햇빛 속에서 찾고파

나의 하루는 그늘에서 시작하지 않아

아침의 울타리 안에서

너의 눈망울을 찾고 있어

한번쯤은 감겨진다 해도 동공의 크기는 달라지지 않으니까

외로움은 눈동자에게서 나오니까

아직도 바람은 불고

입술들은 갈라져서 옷깃을 여미는 목덜미는 차갑지

그러나 눈만큼은 아침의 중심 같아

나를 언제나 기다리게 하니까

모든 시선의 끝은 눈동자의 투명한 눈물이라는 걸

우리는 서로 알고 있지

그러나 고개를 돌릴 수 없어

아침마다 길가에서 만나는 너의 눈동자가

나에게는 늘 기다림인걸

가끔 만나지 못한다 해도

나에게는 잊혀지지 않을 만남인걸 알아

고마운 아침이 되면

새벽의 공기가 입 안에서 사라지고

너는 늘 그 자리에서 나를 쳐다 봐

나의 길목에서 너의 눈동자를 바라볼 때면

늘 기다림을 마음 속에서 찾아

햇빛이 따뜻한 어느 겨울이었어

버스 정류장에는 한 사람도 없었지

그곳에서 나는 너를 외로움이라 생각했는지도 몰라

이제 알아 나는 숨쉬는 순간마다

걷고 있고 이제 다다른 발걸음이

어느 시선 끝에 서 있다는 것을

우리는 그렇게 아침을 닫고 있어

차츰 겨울

꽃망울이 터지는 소리에

봄이 오는 착각을 듣고 말았어

말의 등에 채찍이 갈기고

말소리가 숨죽이며 흘러나와 그래서 침묵이 없지

입 안이 고독하다는 것은

침묵의 부재일거야

침묵은 언제나 조용하다는 것에 대해 개의치 않으니까

겨울은 침묵의 숨소리가 들려오는 동굴 안의 시려움이야

봄이 오는 길목에서 잠시 쉬었다가는

차가운 냉장고 안이야

몸이 언다고 해도 두렵지 않은

공포가 잊혀진 냉정한 계절이지

아무도 그곳에서 소리를 찾지 않아

가녀린 소녀의 얼굴은 투명한 빛깔이 되고 있어

모든 사람들의 발자국은

소리 없는 향이고

추운 냄새만 나는 그 공기는 맛이 없어

귀 속에는 오직 커튼에 닫힌 봄의 전령의

노랫소리가 들리고 있어

이제 우리는 갈라진 틈을 닫고 마감을 해야 할 때야

우리가 맞이해야 될 건 너의 여린 입술

닫혀진 그것이 열리면 우린 따뜻한 입김을

창문에 어리지 않아도 돼

빗소리

빗물이 내리고 있다
가끔씩 비가 내리는 거다

소리에 대한
소리를 듣지 못하는 사람에 관한
입버릇처럼 말하는
빗소리

우리는 입 안 가득 침이 아닌
빗소리를 담고 있다

빗물이 흐르고 있다
가끔씩 비가 흐르고 있다
소리들은 얼굴에 흐른다
눈물이 고여 떨어지는 것처럼

흐르는 빗물을 막을 수 없다

종종 비가 오는 날에는
창문을 열지 않는다

충분히 빗소리는 창문 곁을 맴돌고 있다
나의 가여운 빗물이 창 틈에 맺혀 있다

소리에 대한
소리를 듣지 못하는 사람에게

일상이란 이름의 외면

타자 두드리는 소리에 문득 졸음이 깨었다
골목을 지나 어느 건물 안에서
잠든 기억을 더듬는다

일상은 기억 더듬을 시간을 주지 않으니까

발자국들이 참 많은 곳에서
시선을 떼지 못한다
아마도 자신의 발자국을 찾는 거겠지

그러나 그는 너의 발자국을 찾고 있다

전화벨 울리는 소리
난로 불이 타는 소리
마우스를 만지작거리는 소리

공간의 모든 소리들이 잊혀지고
창 밖을 지긋이 쳐다 본다

아마 아무것도 없겠지
그러나 기억나는 건
언덕 위의 눈길에서 발자국을 찍으며
내려오던 그의 어린 모습

어른거린다 창문에 마치 영화처럼
지나가는 광경을 본다

다시 손가락을 자판에 대면 무표정한 얼굴이 된다

외면하고 싶다
무엇이든

버려진다

작은 고양이의 시체를 보았어
그 조그마한 배꼽은 찌그러진 캔 뚜껑 같았지
소리 없는 수염은 구겨져 있었고
눈동자는 짓물러 터져 있었어
나는 가장 버려진 순간을 목격하고 말았지

바닷고기가 생선이 되기까지
아주 버려진 것은 없다고 생각했어
그러나 이제 알아
숨을 쉬는 몸은 완벽하게 버려지는 거라고
몸은 가끔 숨을 참아
몸은 종종 숨을 삼켜

나는 몸의 기원을 알고 싶어서
개미들의 숨구멍을 관찰하기도 했지

몸이 들어갔다 나오는 자궁의 입구에서 서성대기도 했어

차가운 바닥에 누워있는 고양이만큼
사랑스러운 것도 없지

그러나 슬픈 것도 없지

시야에서 멀어진다 해도 잊혀지지 않는 것은
버려진다는 것

그 쓸쓸함만큼 뚜렷한 것은 없을 거야

새벽의 도주逃走

눈물에 젖은 가방을 들고 어디로 가야 할 지

어떻게 가야 할 지

도로 주변에서 서성인다 사람 한 톨

보이지 않는 새벽에

도대체 택시는 안 오고

술 먹은 자동차만이 즐비한 길가에는

널브러진 구토자국이 있다

나는 사막으로 걸어가고 싶다

사하라 사막으로 가는 비행기 안에 있던

어린 소년의 얼굴을 떠올리며

흐릿한 공기를 마신다 뽀얀 입김이 뿜어져 나온다

여기는 서울 나는 어서 이곳을 빠져 나가야 한다

내가 찬 시계와 내가 걸어 논 목걸이는
본래 빛을 잃었다 아마 내가 그것들을 하찮게 여길 탓이지

갈색 모래의 냄새가 여기까지 찾아온다

나는 그곳을 그리워한다 지주支柱들의 고향

긴 낯설음 속에서

아주 작은 인연조차도
우리에겐 낯설음이 되지 않는다
가만히 귀를 울리는 소리에
낯설음을 느낄 수 없다
여전히 모든 사물은 그 자리에 있기에
우리는 낯설음의 대상이 될 수 없다
그러나
침묵이 길어질수록
낯설음은 새롭게 다가온다

긴 낯설음 속에
나는 나의 질문을 잊는다
흔적을 지우는 과정도
마음을 잊는 시간도
모두 우리의 낯설음을 받아들이는 것이다

긴 낯설음 속에

나는 나의 하루를 잊는다

이별

그리움으로

당신을 보고파 했습니다

이제 잊혀짐으로

당신을 기억 속에서 잠시 접어두려 합니다

모든 생활이 당신과 함께였지만

이제 당신을 놔주려 합니다

고맙습니다

당신의 자리가 이제 침묵이 되었습니다

만남

당신이라도 그렇게라도
뚝뚝 떨어지는 빛을 보았어
내가 그 빛을 따라 걸어갔지
우린 그렇게 하나가 되었어
이제 시작되어야 할 것은
이별에 대해 생각하지 않는 것
곧 그렇게 될 거야.

살아야 한다

동쪽 하늘에서 서쪽 하늘까지

당신의 그늘은 쉴 곳을 잃었습니다

그러나 어디까지나 삶의 일부분입니다

우리는 모두 잊혀져야 하는 별자리처럼

삶의 쉴 곳을 잃었습니다

어디까지나 삶의 한차례 열병 같은 사건입니다

살아야 합니다

결국 살아서 사라질 때까지

동쪽 하늘에서 서쪽 하늘까지

그늘이 다시 질 때까지

생각이 나지 않을 땐

나와 너 객체 사이에서

갈등하곤 하지

어떤 것이 진실인지 헤깔릴 때

너와 나 우리 사이에서

망설이곤 하지

이제 모든 것이 해방된 시점에서

항상 말하곤 하지 괴물이 되지 말자고

우리 시대의 인간들은 유인원에서 벗어났어

그러나 또 다른 괴물이 되고 있지

생각이 나지 않을 땐

역사를 새로 쓰는 인간이 되지 않기를 바랄 뿐이야

밤하늘의 별빛에게로 내 마음을 던질 때

나는 괴물 대신 어린 왕자와 꼽추의 우정을 생각할거야

언제나 그것은 순수의 역사이니까

누구여도 누구라도 누구든지

아무래도 좋다

네가 아니라도 난 기다릴 것이다

흠집이 난 하루라도 좋다

난 내일을 기다릴 것이다

여름의 오전이 오후를 기다릴 때

누구든지 누구여도 누구라도

난 선택할 것이다

그러나 오직 너 하나만을 만나기 위해

모든 만남을 너에게로 보낼 것이다

아무래도 좋다

네가 아니라도 난 생각할 것이다

나의 세계로 잃어버렸던 하루의 초대를 위해

너를 잠시 나의 곁으로 보낼 다른 세계의 존재를 위해

끝내 이루지 못할 연민이

나를 힘겹게 한다

비밀들이 사라지는 시간에

순수한 그것의 외침을 한낱 비밀스런 대화보다도

천박하게 대하는 사람들은

또 다른 비밀이다 아무래도 그들에게 비밀보다도

더 중요한 것은 거짓일 것이다

삶 우리의 한가운데에서 우리의 저편까지 바람이 몰고 온

소리에 소스라치게 놀란다

당신들은 싸리알이 떨어지는 광경을 보며 히죽 웃을 것이다

아마 우리의 죽은 감정이 되살아나는 때이겠지

옛 노래를 들으며 감상에 빠지는 어느 여자의 머리 속엔

까마득한 인생의 울음이 있다 단지 그것뿐이다

발자국이 찍히는 땅바닥엔 진흙투성이 신발이 있다

아홉 번의 죽음 끝에 살아난 사람의 미소도 있다

순수한 그것의 외침은 한낱 비밀스런 대화보다도

더 아름답다

그러나 비밀스런 대화도 아름답다

비밀은 이것이다

햇살 이야기

기다란 건물들 사이로 새어 나오는 햇살 한줄기가

서러워서 기다림을 주저했는지도 모른다

당신의 간이역에는 햇살 한줌이 떨어져 있고

어저께 먹었던 해바라기 씨의 주검 옆에도

햇살이 엎어져 있다

이제 끝내야 한다 우리들의 파렴치한 외면을

그리하여 아침을 기다리는 것을 다시 시작해야 한다

힘줄들이 불거져 나오는 시간에 우린 서로를 쓰다듬었고

그 시간에만 생명의 속삭임을 느낀다

햇살은 그들을 가만히 비춰준다

오랜만에 떠오른 해가 눈이 아프게 시리다

그건 당신의 오로라가 밤에 던지고 간 흔적인지도

나는 그걸 무엇이라 불러야 할까

당신의 소중함

언제나 기분 좋은 사람

당신은 나의 하나뿐인 사람

그래서 더욱 소중한 사람

짧은 한마디라도 나에게는 너무나도

행복한 느낌을 주는 사람

그래서 당신은 선택했고

당신과 함께 살고 있습니다

우리 좋은 삶을 살아가요

나쁜 삶이라도 좋아요

그것조차도 나에게는 좋은 삶이니까요

그래서 우리는 온통 소중합니다

또 좋습니다

매우 또 많이 두근거리며 살고 있습니다

바깥 풍경이 조금 보이는 창문

그 창문으로 들어오는 풍경이 좋아서

당신을 잠시 생각했는지도 몰라

그래서 좋아 오늘 하루도

고마울 뿐이야 당신 생각으로 인해

순간이 잠시 즐거워져서

물론 모든 순간이 다 즐겁고 행복하지만

당신을 생각할 때면 더욱 벅차 오르는 감정

그래서 당신을 잃고 싶지도

보내고 싶지도 않아

영원히 내 곁에 두고 싶어

나의 조용한 바람이야

모르겠어 잠시 사는 세상일 뿐

모든 사람이 나처럼 살 순 없잖아

단지 모든 사람들의 삶을 존중할 뿐이야

그래서 서로 어울려 사는 게 아닐까

가족 친구 애인 동료

모든 사람들이 서로의 영역을 배려해주며 살고 있어

모르겠어 잠시 살아가는 세상일 뿐이야

그래서 더 고마운지도 몰라

잠시 뿐이라서 그 잠시뿐이 영원해서

영원할 따름인 지금 순간이

나에게 지상 위를 나는 것보다

더 값진 삶인 걸

좋은 감정들이 사라질 때

또다시 오고야 말았다

나쁜 감정들이 돌아오는 시간

나는 추스를 수 없는 감정의 티끌을 던져 버리고

다시 옛 시간의 감정에게로 가고 싶다

또다시 오고야 만 시간들

오후의 입김은 뜨겁고

아침은 서늘했다 그러니까 다른 세계의 소식들

졸럽고도 시러운 눈동자를 어루만지는

나의 지문 그러니까 처음부터 있어왔던 나의 얼굴

졸렬한 나의 파편들이 떨어져 나갔다는 사실을

알게 된 나의 표정

또다시 오늘이야

고마운 일들이 일어났지

그건 오늘을 맞이하는 일

그리고 내일이 있다는 일

당신의 하루를 생각할 수 있는 일

어제를 사랑했던 일

모두 나에겐 거짓 없는 감정들이었어

지금도 나는 오늘이라는 생각에

기분 좋은 하루를 보낼 수 있어

이 생활이 나에게 삶이 되는 건

내가 살아있기 때문이 아닐까

물음을 머금고 있어요

아직도

물음을 머금고 있어요

그래요 당신을 알게 된 순간부터

여전히 그래요

그 시절에 나는

정말로요

지금도 정말로요

그래서 나는 생각해요

당신과의 만남부터 지금까지

우리의 시절을

사랑하고 있어요 여전히

햇빛이 비치는 테라스에서

쏟아지는 감정을 주체할 수 없는 나를

당신은 안아줬잖아요

조용히 말이죠

그때를 기억하는 나이기에

아직도 물음을 머금고 있어요

정말로요

많은 단어들로 하여금 문장이 될 수 있도록

당신의 감정이 단어가 되고

그 다음 문장이 되어

당신의 의미가 된다

고맙다 그 과정이

이제 우리는 헤어지지 않아도 되고

굳이 만나려고 노력하지 않아도 된다

단지 여기에 있으며 문장을 만들어내면 된다

많은 단어들로 하여금

문장이 될 수 있도록 노력하면 된다

그것뿐 그것뿐이라서

고맙다 언어가

그림을 보다가

그림 속 당신이 빛 바랜 얼굴을 묻고
있었습니다 한차례의 질문을 들고 서 있는
저 사람이 궁금했습니다 그래서 물었습니다
'어디에서 오셨는지요?'
그러나 아무 말도 하지 않았습니다
마치 모든 것을 알고 있다는 듯이 말이죠
그래서 미안해지는 마음을 잠시 가다듬고
숨소리를 고르다가 입을 열었습니다
'당신의 이름이 무엇입니까?'
열병 같은 순간이었습니다 같은 말은 되짚기 싫었습니다

그러나 나는 대답을 기다리지 않았습니다

당신의 표정 당신의 손짓 그리고 눈빛을 봤습니다

그리고 생각했습니다 그것이야말로

내가 기다리던 바로 그 대답이라고

당신의 모든 것이 나에게는 응답입니다

그러니까 당신을 언제나 바라봅니다

그것이야말로 나의 표현입니다

오늘도

나는 앞일을 모르는 것처럼 걸었다
그래서 너를 만났고 너와 함께 걸었다
우리는 무작정 앞만 보고 걸었다
그리하여 무덤을 만났고 무덤 앞에서 엉엉 울었다

끝은 보이지 않아 마음은 시들해졌고
절망을 부여잡고 희망을 보았다
이제 우리가 가야 할 길은 하나다

'사랑'

아주 쉬운 변명처럼 들리겠지만

단 하나의 단어를 읊자면 사랑이다

오늘도 사랑을 읊고 사랑을 하고 사랑을 받는다

그러므로 나의 하루는 곧 찬란해진다

사라짐을 알게 되면

당신을 사랑하던 마음이 사라짐을 경험하면

다시 생겨날 수 있을까

고백 하건데 나의 마음이 잠깐의 반짝임을 경험한 것이다

우리가 폭풍우에도 들썩이는 마음을

안정시킬 수 있다면 그건 당신의 사랑일 것이다

당신은 언제나 나와 나의 모든 것을 사랑하니까

걱정할 수 없는 것은 당신의 사랑이 사라짐을 경험하더라도

다시 생겨날 것이라는 것이다

그건 우리 모두 같은 것이다

그래서 좋다 잠깐이라도 당신을 확인할 수 있어서

그래서 더 좋다 잠시뿐인 약속이라도 할 수 있어서

모든 사랑은 사라짐을 경험한다

그래서 그래서

다시 생겨난다

들판에서 우는 새에게

나는 자연을 사랑했지만

자연은 나에게 인사를 건넬 시간이 없었다

그들에게는 작은 시간이라도

생의 마지막일 것이라는 느낌이 있었으니까

그러나 들판의 새는 인사를 건넸다

그 새는 울고 있었다

자신의 모든 슬픔을 쏟아내고 있었다.

그래서 나는 그 새를 껴안아 주었다

그것이 새의 마지막이었다

어쩌면 그때 나는 새였는지도 모른다

문득

가끔씩 창 밖에 불어오는 바람이 좋아
그저 바라보고 있어 창 밖을
그러다가 내 이마를 스치는 바람이 시려울 때가 있지
그때는 나도 모르게 눈물이 나

세상에는 많은 사람들이 있고
많은 존재들이 있다
그 중의 나는 하나의 사람이자 존재일 뿐
그 생각을 하면 허무하다가도
다시 편안해지는 것은 왜일까

가끔씩 이 더운 콘크리트 벽 안에서

내 얼굴을 붙잡고 울 때가 있지

그럴 때는 나도 모르게 눈물을 그치고

창 밖을 봐

그럼 다시 바람이 들어와

내 젖은 얼굴을 씻어주는 걸

세상에는 많은 슬픔과 행복이 있다

그래서 살게 되는지도 모른다

고마운 마음으로

그렇게도 많은 날이 지났다

가끔은 놓고 싶을 때가 있지

관계의 역설을 듣고 싶어

많은 날들이 지나도

함께 있는 순간이 즐겁다면 좋은 사랑일거야

우리의 시간이 한낱 낙엽 같은 추억일지라도

그렇게도 많은 날들이 쌓여있다는 것만으로도

행복할거야

너무나도 즐거웠고 고마웠던 시간이었어

그렇기에 이별은 다가 오나봐

그러나 이별 뒤에 또 다른 만남의 시간들이 있다는 것은

역설적이게도 행운이야

도무지 알 수 없는 앞날의 모습들이

우리에겐 있어

그래서 살고 있지

무척이나 행복하게

오후의 환상

나는 어느 날 불연 듯 찾아온 오후를 생각한다

오후는 갑자기 어느 골목의 햇살을 움켜쥔다

이것은 오후의 간식이다

우리는 파괴할 권리가 있고 그 권리의 수호자다

나는 오후의 식탐을 사랑한다

햇살을 모두 가져가 버린 그의 욕심을 좋아한다

오후는 그렇게 그림자와 함께 나타났다

그림자는 그의 절친한 동료

그러나 햇살은 그의 먹이감이다

나는 거대한 건물 사이로 오후의 눈빛을 쳐다 본다

따사로운 먹이감을 향한 오후의 얼굴

그것은 하얗게 질린 지상 위의 표면이었다

그렇게 모든 것은 저 위에 있는 듯 했다

모르겠다 아무래도 타인과 타인 사이에는

파괴가 있을지도 모른다

가끔씩 바깥은 참으로 빛난다

그렇게 모든 시절이 간다
올해도 반쯤은 가버렸다
고맙다 시절아 너의 감정을 알아차릴 시간을 줘서
그렇게 가버려도 너와의 감정은 잊지 않을게

가끔씩 창 밖은 참으로 빛난다
아마도 계절의 따스한 마음인지도
그렇게 모든 계절들이 우리 앞에 당도하길 기다린다
우리는 계절의 향취에 으르렁거리지만 않으면 된다

고맙다 당신이 이 시절과 함께 해줘서
계절을 맞이할 때 당신과 함께라서 고맙다
이 뿐이다.

어느 겨울 날

가끔은 두드리고 있어 너의 문을

언제나 눈물 섞인 얼굴로 나의 세계를 보는 너를

나는 보고 싶어서 그렇게도 두드렸나 봐

너는 시려운 피부를 가진 사람인가 봐

아마도 알 수 있겠지 조금만 더 눈동자가 짙어지면

눈물이 고인다는 것을 그러면 가끔은 너를 두드려

자그마한 이름은 가진 너는

조그마한 풍선을 들고 사라지지

우리는 그렇게 헤어졌어

또 다른 만남을 기약하며

만남은 쉽게 오지 않지만 나는 기다려

너의 닫힌 창문이 열리기를

그렇게도 많은 날들이 지나고 다시 펑펑 눈물이 쏟아지면

그때는 창문을 열까

그 후의 나

잊혀짐을 생각하기까지
기다림을 생각한 건 아니었다
단지 당신을 만나기까지의
삶을 사라짐이라 부른다

석양의 짙은 색깔을
곧 사라질 무엇이라 부른다면
나는 그것을 나의 삶이라 부를 것이다
나에게 그건 좋았던 일도
나빴던 일도 아니었기에

혼들리는 버스 안에서 생각한다

많은 사람들이 이 공간에서

서로 다른 삶을 영위한다는 것을

그것조차 좋았던 일도 나빴던 일도 아니다

단지 사라짐 그것을 경험하기 전

우리들의 모습이다

삶 그 자체의 행복

단 하나의 감성은 너야
나에게 주어진 단 하나의 목적도

이 일생에서 나는 무엇을 얻고 갈 수 있을까?

그런 말은 하지 않기로 하자
단지 얻겠다는 생각을 하지 않기로 하자

단지 모든 세상에서 너는 하나의 감성이기에
나 홀로 견디기 힘든 삶에서도
너는 하나의 등불인지도 몰라

얻기보다 주고 싶어서
사는지도 모르지
그럼 대답은 간단해

네가 이 세상의 좋은 사람으로 살다 간다는 생각으로

아무것도 이루지 못해도

아무것도 가지지 못해도

말할 수 있는 건 네가 좋은 사람이었다는 것 뿐

행복은 아주 사소한 것에서부터 시작해서

모든 사람을 물들이지

행복을 느끼는 사람 중의 한 사람으로 남고 싶어서

나는 사람들 사이에서 살고 있는지도 몰라

우리가 만들 수 있는 것들

새로운 것은 없다는 것은

익숙한 것들이 가득하다는 것

그럼

익숙한 것들을 새롭게 변신시킬 수 있을까

과연

나는 그것들을 새롭게 보일 수 있을까

우리가 만들 수 있는 것들은

바로 이런 것들

그러니까 우린 재활용을 하고 있다

이것이 우리 인간들이 할 수 있는 일

단지 그것뿐

언제나 나의 입버릇처럼 하는 말들도

적시에 쓰여지면

서로 다른 말들이 되는 것처럼

처음부터 있던 것들도 시간이 지나면 익숙해진다

그렇기에 그 익숙함부터 잃어버려야 한다

하지만 기억하고 있기에 모든 것은 익숙하다

그 자체가 창조하고 있는 것일 수도

창조의 역사는 기억이다

단지

문득 드는 생각들이
나에게 무슨 의미일지 생각한다
내가 깨달아야 할 것은
더 이상 마음의 상처를 드러내지 않는 일
그리고 앞으로 마음의 상처를 내지 않는 일
이제 걸어가야 한다
저 먼 바다 끝 지평선 사이로 뜨는 해에게로
차츰 불어오는 바람에게로
나는 나의 걸음을 옮겨야 한다
마음 그 여리고 가여운 존재에게로
나는 그것이 아프지 않도록
또 쓰라리지 않도록
보살펴 주어야 한다

살며시 나의 손길이 그것을 어루만지기를

그리하여 상처들이 치유되고

상처들이 생기지 않기를

바랄 뿐이다

잣대

무엇 무엇이야말로 나는 혼적이라 말하고 싶다
혼적은 무엇이든 혼적이니까
아득히 먼 과거로부터 시작된 나의 혼적은
이제 지금을 건너고 있다
그것이 나의 혼적일 것이다
어렵사리 시작된 모든 것이지만
무너질 리 없다 다 모든 것이 순리이지만
그것이 나의 모든 것은 아니다
나는 어떤 것에 목이 메어 있는지도 모른다
어쩌면 지금 나는 너무 나태해졌는지도
이제 혼적이란 것에 회의를 느낀다
그래 모든 것이야말로 회의니까
지금 사는 사람들에게 고마움을 느낀다
단지 그들은 모든 것의 희망이다
회의를 느끼지만 살 수 밖에 없는 희망
아무래도 좋은 희망이다

고마운 지금을 위해

고마워서

고마워서

나는 지금도 불가능을 향해 도전한다

어쩌면 나의 숙명과도 같은 삶의 태도인지도

우리는 누구나 자신의 삶의 주인이지만

고마워서

고마워서

또 함께 있다는 사실에

나의 주권을 버린다

위태롭다 하여도

나는 당신에게 모든 걸 맡긴다

그게 나의 숙명인지도

나의 정신에게로

오직 나의 정신에게로

가는 기차 안에서 나는 침묵의 구름을 안고 있었지

가끔 세상은 침울한 얼굴을 하고 있어서

나홀로 긴 생각에 빠져 있었어

어쩌면 나는 다른 세계로의 출발을 걱정했는지도 몰라

그러나 터널을 지나고 다시 환한 세상을 봤을 때

그 자체로 인정할 수 밖에 없었지

세상은 이토록 화려한 곳인지 이해할 수 있는 한에서는 그래

언제 간이역에서 잠시 내릴지

목적지에 다다라 기차와 결별하게 될지 모를 일이야

그렇지만 나는 알아 세상과의 인연은 영원할 것이라는 것을

어떤 세계를 가던 간에 나는 또 다른 낯설음에

그 세계로 빠져 들거야

어느 하루

졸린 날이다
바쁜 하루를 보내고 이 자리에 앉으면
나는 가끔씩 창 밖을 본다
그곳에서는 무슨 일이 일어날지 궁금하기에
나는 이곳에서 그곳을 바라본다

무척 피곤하다
정신 없이 사는 것은 좋은 것이다
그래야 시간이 가는 줄도 모르니까
시간이 가는 줄 알면 시간을 아쉬워한다
나는 그게 안타까움이라 생각한다

어찌됐거나

오늘이 되었다

오늘은 무탈하게 잘 보내고

내일을 맞이하려고 한다

그게 한 사람의 삶이다

안녕 여름

고마웠고 미웠고 사랑했던 계절이 간다

그건 여름 여름이라는 이름처럼 참 더웠던 계절이었다

정말 또 하나의 계절이 생겼다가 사라지는 것처럼

서글픈 순간은 없다

나의 계절이 가버리는 거니까 또 당신들의 계절이

사라지는 거니까

우리는 그렇게 한 살을 먹을 준비를 하게 된다

나이를 먹는다는 것은 슬픈 일이 아니다 단지 나에게 주어진

계절들이 소모된다는 것이 아쉬울 뿐

이 생이 나에게 주는 것은 계절들과의 사랑과 먼지와

바람 들판에서의 풀소리를 들을 수 있다는 것

모든 것이 고맙다 그리고 가버리는 것에 대한

서운함 또 사랑하는 마음

이 세상에 태어나서 감사하다

그래서 모든 것을 기꺼이 이해하고 존중하고 느끼겠다

안녕 여름 이번 여름이 준 것에 대한 소중함

무엇일까

아무것도 생각나지 않는 하루
이럴 때 나는 무엇을 할 수 있을까?

잠시 쉰다 그리고 본다
내 마음을 그리고 내 안의 눈을 감는다

단지 이럴 뿐 무엇을 할 수 있을 것인가

바쁜 일상은 피곤할 따름이다
그저 쉬고 싶다

엇갈림

우린 잠시 헤어졌다 다시 만났다

그게 엇갈린 거라면

친구도 애인도 가족도

모두 엇갈린 거다

인생이란 수레바퀴에 함께 동승한

사람들은 모두 엇갈림을 경험한다

그것은 바퀴가 서로 맞물리는 것처럼

다시 만나게 된다

그렇기에 우리는 살고 있는 것이다

전생에 헤어졌다면

이생에 다시 만나고

후생에도 만남을 기약할 수 있다

이것이 내가 말할 수 있는 우리의 삶이다

비 오는 창 밖의 건물 사이로

어쩌면 비가 오는지도 몰랐다

방금 나간 사람의 입소리에

문득 창 밖을 보니 비가 내리고 있었다

그렇다 언제나 뜨거운 햇살을 작렬하고 있던 하늘이

하얗게 얼굴이 질린 채 눈물을 흘리고 있던 것이다

그건 우리의 가면이 부서지고

짓눌린 얼굴로 하여금 매끈해지는

몇 차례의 씻김이다

이제 여름도 다 지나갔다

이 비가 더위도 가져가버린 것 같다

'비가 그리운 날엔 휘파람 소리가 들린다.'

나의 마음 속의 울림이다

거대한 마침표

나는 인생의 찬란한 순간들을 기억한다

그건 웃음도 울음도 아닌

당신과 나눈 대화들

그러니까 우린 함께 있던 순간을 잊지 못하는 것이다

그 자체로도 나는 당신이 좋다

언젠가 이 사랑에 마침표가 내려진다면

나는 기꺼이 다시 다음 문장을 써내려 갈 텐데

당신이 알 수 있는 희망들로 하여금

나는 짓눌린 단어들을 찬란한 문장으로 만들며

걸어간다 저 먼 세계로

이제 거대한 마침표가 우리 세계에 뜬다

지워지지 않을 기둥으로서

나는 인생의 순간을 다시 기억하게 된다

그건 쉼표도 물음표도 아닌

당신과의 마침표

희망대로 살기

어쩌면 우리의 삶은 절망과 희망을 넘나들며

선택이 아닌 결정을 하는지도

그렇기에 당신의 안위와 걱정은 그 결정에 따라 움직인다

우리의 삶이 허락될 때까지

함께 그 결정에 굴복하지 말자

단지 결정은 한낱 마침표일 뿐

실패하지 않는다 실수할 뿐이다

고마운 것은 내가 아직 이곳에서 그 결정을 하며 사는 것일 뿐

나는 너에게 가고 있고 너는 나에게 오고 있다

사실 이것보다 중요한 것은 없다

그렇기에 절망은 희망의 짝꿍이 되고

희망은 절망의 영혼이 된다

우리는 함께 가야 한다

저기 행복함이 가득한 마음 속으로

나에 대한 사랑

나는 사랑을 배웠다

남을 사랑하고 배려하는 마음을 깨달았다

그건 모든 것을 아끼고 소중하게 여기는 마음이다

지금 마음을 잃고 싶지 않다

모든 사람들을 다 소중한 존재로 생각하겠다

그것뿐이다

조금이라도 세상에 도움이 되고

마음으로 헌신하는 진심 어린 사람이 되어야겠다고

나쁜 사람도 좋은 사람도

모두 그 나름대로의 이유가 있고

삶을 살아가는 방식이 다를 뿐이니까

그 자체로 받아들이고 이해하겠다

이것이 나의 삶의 방식이다

행복과 행운

나는 요행을 바라지 않는다

단지 행운을 바랄 뿐이다

나에게도 오기를 바라는 어떤 기분 좋은 상황

그래도 내가 최우선으로 생각하는 것은

행복이다

단지 그것뿐

행복은 언제나 나에게 있는 거니까

내 자신이 바랄 수 있는 최선의 상태이다

세계 그 찬란함

거창하기에

온갖 고민들로 가득한 시기에서

조금씩 빛의 세계로 걸어가는 나에게

세계는 찬란함 그 자체다

지금은 나의 삶이다

누구도 침범할 수 없는 영역이다

그러므로 자괴감에 빠질 이유는 없다

오직 세계 그 찬란함만이 있을 뿐이다

새로운 무언가를 창조하려고 할 때

생각은 필요 없다 단지 있는 그대로이다

생각은 거미줄보다 더 촘촘하고

그물보다 더 단단하기에

그 사고의 영역을 생각하려 들지 말자

단지 그것을 넘어선 직관을 깨우치자

그것뿐이다 구도자로서의 삶

문학을 구도하던 삶을 구도하던

나는 잃고 싶지 않다 삶을

영원한 삶이 아니라도

지금의 삶을 지속하고 싶다

생각쟁이

나는 먹구름이 몰고 온 빗물을 맞으며

우산을 쓸 생각을 하지 않았다

단지 기다림에 지친 새와 꽃 풀들의 연약한 미소를 기억한다

이제 흘러가는 강물처럼 세월이 내게로 온다

온 대지는 물들어 있고 햇살이 조금씩

새어 나오는 하늘 사이로

저 먼 곳의 구름에게로 가고 싶다

카페트의 무게로 날지 못하는 마음을 두드리는 계절처럼

언제나 비와 비의 전령이 춤을 출 텐데

지붕과 깃발과 굴뚝은 여전히 건재하다

상상은 술래잡기를 하고

우리는 자유롭다 가끔 그런 생각을 하지

그런 구름이 좋다

별

아마 모든 것의 시초는 별이었을 것이다

내가 아는 가장 아름다운 존재니까

오후가 되면

깨달을 수 있을까?

오전이 그립다는 사실을

새로운 시

새로운 시를 쓰기 위해 노력 중이다

어쩌면 새로운 시는 나에게서 멀어지는 중일지도 모른다

단지 가까운 단어들이 조합된 문장을 말할지도

그러니까 새로운 것은 나에게 없다

모두 익숙한 낯익은 가장 나에게 어울리는 것들이다

고맙다 모든 단어들의 역사가

당신 수많은 당신 중

하나의 역작 당신이라는 이름을 지었어

우린 새롭게 시작 될거야

이 세계에서의 마침표를 위해

영원한 수레바퀴가 되겠지

사랑이라는 이름으로

가장 기쁠 때와

슬플 때를 아는 것

그것이 바로 사랑이다

우리는 모두 풍경을 사모한다

떨리는 목덜미 위로 꽃잎들이 날아간다
어느덧 계절 나의 잎사귀들이 익어가는
시절이 왔다 훔치고 싶은 아름다움
곧 젊은 열매들은 태양의 아들이 되어
영근 얼굴을 매맞는다 손아귀의 마찰에 의해
떨어지는 한낱 싱싱함 밖에 되지 않는
그때 그 시절의 미소들
깨어나는 솜털들이 입 안에서 뛰쳐 나오는
그러한 광경은 나의 세계로의 초대장이다
새로운 발자국들이 찍히는 산모퉁이에서
작은 발자국들이 움직이는 개미굴의 입구까지
나는 조용히 읊조리고 싶다
'외로움의 계절로 돌아가고파.'
정말 돌아갈 수 없는 것일까
풍뎅이가 이리저리 바닥을 뒤척인다
아마 제 집을 찾는 눈치이다

그래 계절에게로 달려가고파 발버둥치는

내 모습이 그것에게 있었다

언제나 계절은 나에게 고향이다

신록의 역사가 나에게서 떼어져 나간 것처럼

자연스러운 것도 없지만

나는 단지 그늘의 영지가 사라진 것이 아쉽다

모든 뜨거움과 시려움에 대하여

우리는 계절의 온도를 생각하기에

나는 오늘도 풍경을 바라본다

태풍소리

가만히 들어와서 조용히 앉아가는 풀벌레의

소리 없는 움직임이 좋다

어쩌면 그 작은 생명으로 인해 우리는 모두 커다란 괴물들

그러니까 누군가를 밟아도 모를 커다란 발과

누군가를 때리는 커다란 손을 가진 폭력의 제왕들

나도 모르게 너도 모르게 우리는 서로의 행위를 외면한다

쩌렁쩌렁 하늘이 갈라진다 곧 비바람이 불 듯

하늘이 먹구름을 뱉어낸다

나는 휘파람 소리와 호루라기 소리를 생각하며 걷고 있다

어디선가 들려오는 바람의 분주한 움직임 소리

그 움직임으로 인해

일어나는 낙엽의 구겨지는 소리 모든 것이 입소리처럼 차다

그것이 오기 전 이리도 요란한 몸짓들이 일어나는데
풀벌레는 어디 갔는지 알 수 없다 단지 이 거대한 괴물들의
함성을 피해 조용한 집으로 들어갔는지도

한낱 작은 존재들에게 우리는 외침을 할 수 없다

단지 기다리고 있다 다시 잔잔한 하늘 아래
풀벌레의 움직임이 생기는 하루를
나는 걷고 있다 이 땅을 그리고 지붕이 날아간 집을 향해
가고 있다 풀벌레의 고향으로

귀향하는 길

언제나 고향의 깊은 숨소리가

도시의 메아리로 남습니다

국화의 잎은 하늘에 흩뿌려지고

솜사탕처럼 달콤한 민들레꽃씨는

바닥에 하강합니다

이제는 우리가 헤어져야 할 시간입니다

오후의 짙은 어둠이 내려앉는 당신의 구역에

고향도 꽃도 시간도 모두

한낱 바람처럼 마음 속에서 흩어져 갈 뿐입니다

흘러가는 모든 시간들은 나에게 아무런 의미도 주지 못하는

아픈 시간들이지만 오직 당신의 부름에 기차를 타고

고향 역으로 달려갑니다

뚜뚜 하는 소리가 들리는 역 안에서는

보름달같이 둥근 아낙네들이 떡을 팔고

메마른 손이 거친 아저씨들은 신발을 문지릅니다

아 나는 하염없이 가판대에 놓여있는 신문지를 바라봅니다

당신의 구역으로 가고 있는 순간마다 1면의 얼굴들이

떠오를 것 같습니다

서로의 얼굴을 쳐다보며 가는 기차 안에서는

무심한 표정들이 들쑥날쑥 하며 기차 안을 메웁니다

우리는 모두 지나가고 있습니다

연민과 고독과 설렘 당신들이 지닌 감정을

나는 알고 있습니다

이제 정거하는 기차에서 내려 각자의 고향으로 사라집니다

끝내 이룰 수 없었던 이름은 당신의 뒷모습이었습니다

어느 여름날

오후의 그늘로 달려가고파

당신의 옆자리를 비워둔 사람은

정오의 그늘이 되고파

당신에게로 차마 걸어가지 않아

나는 나비의 날개 짓을 보고 있어

그건 아마도 잠자리의 비행과 다른 것일 거야

그쯤에서 오후는 다음 날을 준비하는

잠자리의 비행을 기다리겠지

개울물에 시원한 바람이 불어와서

햇빛에 취한 물을 이리저리 뒤척이면

금방이라도 튀어 오를 듯한 물방울이 되지

나 그곳에라도 당신을 데려가고 싶어

언제나 빗물은 축축한 냄새를 풍기는데

나 사막 한가운데 천막을 치고

그곳의 당신을 사랑하고 싶어

따사로운 당신의 정원 안에서

한 마리의 애벌레를 보고 울었던

나의 어린 시절이 생각나서 잇몸이 아파

단지 그것뿐이야 우리의 시절이 아무렇지도 않게

간다는 것을 슬퍼할 겨를도 없이

당신은 이곳으로 나는 저곳으로

사람의 계절로 달려갈 뿐이야

너의 의미

빛과 어둠
어둠과 빛

그 찬란한 단어들이 내뿜는 단 하나의 의미
사랑

마지막 사랑에게

너는 어디로 가고 나는 어디에 있을까

저 노을 바람에 실려가는

갈대가 분다 바깥으로 천천히

그래 모든 것이 그렇듯 삶은 편안해질 거야

그만큼 너와 내가 사는 이곳이 아름다워지고

고마워 항상 너를 사랑할 수 있어서

그것이 내 이름인 냥

기억되고 있어

흉터

자아의 고독함 그 쓰라린 상처마저도 전이될 수 없는

어떤 흉터가 있다 그건 인간의 본성 그러니까 우리의 본성은

사랑의 흉터이다 사랑으로 생긴 온갖 감정이

마음의 흉터를 만든다

당신을 사랑하기에 이 세상 끝까지 따라갈 수 있는

어떤 괴로움도

좋다 그 이상의 감정도 좋다

종소리

그렇게 나도 모르게
네 이름을 부른다
그게 너였기를
마지막 잠들기까지
함께이기를
바라고 있어

그래도 좋은 나날들이었다

과거를 생각하는 일은
회상하는 것이다
좋은 나날들이 계속되었다는 것은
나의 희망이다
지속적인 행복은 평안을 주니까
아무래도 모든 삶은 평화로워야 한다

그래도 좋은 나날들이었다
바깥은 춥지만
안은 따뜻한
이번 겨울은 포근하다

버스를 기다리는 시간보다도
걸어가는 시간을 더 좋아하게 되는
아무래도 버스는 지치니까

과거를 생각하는 일은

미래를 생각하는 일

좋은 나날들이 계속된다는 것은

아무래도 막을 수 없으니까

지속적으로 삶은

파도처럼 밀려오고

있다

따뜻한 날의 연속

눈도 오지 않고 비도 오지 않는다

날들은 따뜻하다 추운 계절의 이름은 가고 없다

터벅터벅 눈밭을 걷는 낭만은

따뜻함에 녹아버렸다

나는 언덕 위에 있는 녹지 않는 슬픔이고 싶다

그러나 이제 그런 낭만은 없다

바뀐 계절 탓에 추운 나날들이다

옷을 두터워지고

바람은 불고 있다

여전히 겨울이다

그래서 아직 우리의 봄은 오지 않았다

맛있는 겨울

겨울이 되면 하얀 케이크와

촛불과 창 밖의 눈이 생각난다

겨울에 태어난 사람들과

축하하는 사람들과 또 연인들의 하루를

떠올리게 해준다

웃음소리가 없는 침묵의 언덕 위에서

우리는 미소를 짓는다

웃어버리고 싶지만 침묵이 깨질까 봐

웃지 못하는 어린 마음이

미소를 만들어낸다

과자로 만든 집에서 우리는 따뜻한 난로 옆에 앉아

케이크를 보며 꿈을 꾼다

겨울은 맛있는 계절이다

차가운 아이스크림의 고향

바라지 않아도 이루어지는 것은

모든 일에는 바라고 싶은 마음이 있다

내가 되고 싶은 일을 기다리는 마음이란

울먹거리는 순간들 속의 행운이다

통렬한 기억 속의 나는

버려진 아이였고 바람이라는 것을

잊고 살았었다

그러나 이제 바람을 기다린다

바라고 있어서 바라게 되어서 바라고 싶어서

나는 과거의 눈물들을 잊게 되었다

무엇을 바라는지 나도 모른다

단지 하루가 가기를 바라지 않는다

오직 사소한 행복이 사라지지 않길 바란다

바라지 않아도 이루어지는 것은

행복이다

모든 인연은 그릇이다

그릇은 담을 수 있다
담을 수 있기에 그릇은 행복하다
모든 인연은 그릇이다
우리는 담을 수 있는 사이이다
행복은 곁에 있다 내 안에 있다 내 심장에 녹아있다
그렇기에 그릇은 담을 수 있다

언뜻 삶은 미지의 공간 같은 매력이 있다
모든 인연의 시작은 이 삶 속에서이다
나는 인연의 흐름을 사랑한다

그릇의 공간도 잊혀지지 않는다
나는 공간 속의 인간이기 때문에
우리는 삶이라는 공간과 그릇이라는 공간의 사이에 있다

머나먼 날에는 우리가 함께 있다는 것에

불완전함을 깨달을 수 있도록

잊혀짐은 시작이다

인연은 잊혀지고 있다

그대는 이곳에 나와 함께 있다

고마운 사람에게 편지를 쓸 때

무슨 말을 해야 할 지 고민이 된다면

그대가 이곳에서 나와 함께 있다는 사실을 잊지 않으면 된다

잠시일지 아님 영원할지 모를 삶에서

나는 일을 하고 잠을 자고 밥을 먹는다

모든 사람의 삶은 결정지을 수 없는 구역에 있는 법

나를 생각해주는 당신은 여전히 말이 없는데

오랫동안 비어있던 자리에

의자가 생기고

한 사람씩 앉았다 가면

그게 흔적이고

사람의 삶이다

나는 이 삶을 흔적이라 말하고 싶다

단정짓지 않을 흔적

그러니까 바람의 흔적 같은 삶

그것을 그대와 함께 하고 있다